AF462072

L'OPERA
DES
GUEUX.

AVERTISSEMENT DU LIBRAIRE.

LA célébrité de quelques Drames Anglois, imprimés séparément, a fait naître le dessein de les recueillir, pour servir de supplément au théatre qu'a donné M. de la Place. Des sept Piéces que contient ce Recueil, trois n'avoient point encore été traduites, & on a corrigé l'ancienne traduction de deux autres. Le goût que la Nation témoigne pour les Ouvrages dramatiques, donne lieu de croire que ces deux Volumes éprouveront de la part du Public un accueil favorable.

L'OPERA DES GUEUX,

TRADUIT

DE L'ANGLOIS.

À LONDRES,
Chez JEAN NOURSE.

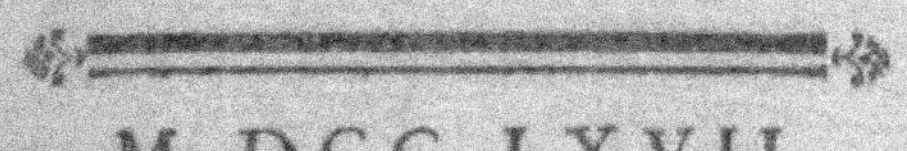

M. DCC. LXVII.

ACTEURS.

DELATEUR, Pere de Manon.

TOURNECLEF, Pere de Lucie, Concierge de la Priſon.

DUBUTIN, Capitaine de la Troupe.

Madame DELATEUR.

MANON, Fille de Délateur.

LUCIE, Fille de Tourneclef.

Troupe de Voleurs.

La Scene eſt à Londres.

PROLOGUE DE L'OPÉRA DES GUEUX.

UN Gueux & un Comédien paroissent dans le Prologue que l'Auteur appelle Introduction. Le premier établit son droit à la Poésie sur la pauvreté, & donne une idée de ses talens par l'accueil que font à ses Ouvrages, les Gueux ses Confreres. L'obligeant Comédien lui répond. » Comme les Muses » nous font vivre, la reconnoissance » exige que nous encouragions le mé- » rite poétique par-tout où nous le trou- » vons. Peu semblables aux autres fem-

» mes, les Muſes ne ſe laiſſent point » ſéduire par de brillantes décorations ; » elles ne prennent ni la parure pour » de l'eſprit, ni la modeſtie de l'indi- » gence pour de la ſtupidité.

Le reſte de ce Prologue a paru trop peu intéreſſant, pour qu'on prenne la peine de le traduire en entier.

OPÉRA DES GUEUX.

ACTE I.

SCENE I.

Comme cette Scene & celle qui suit ne sont point liées à l'intrigue, comme elles ne servent qu'à développer le caractere de Mr. Délateur, qui sera assez connu dans le cours de la Piece, on a cru devoir les retrancher. On indiquera cependant le sujet de ces deux Scenes. Des Voleurs & des Catins renfermés dans les prisons, députent Laronneau, leur camarade, pour prier Mr. Délateur de les sauver de la corde ou du bannissement. Cet accusateur est lui-même un voleur & un receleur, qui les rançonne. Il ménage cependant les femmes, parce qu'elles lui apportent plus que les hommes. » Un bon Chasseur, dit-il, laisse » échapper les fémelles des perdrix, » car la race en dépend. On ne gagne » rien par la mort d'une femme, à moins » que ce ne soit la nôtre.

SCENE III.

Mr. DELATEUR, seul.

Il est assis, ayant un grand livre de comptes devant lui, sur une table. Il lit la liste des voleurs renfermés à Newgate: il examine leurs talens, plutôt que leurs crimes, & se propose d'épargner ceux qui par leurs fripponneries, seront les plus propres à l'enrichir.

IL est temps de préparer une belle exécution pour les assises qui viennent. Je déteste un voleur paresseux qui ne me fait rien gagner à moins que je ne le fasse pendre. *Il lit.* Liste de la troupe. *Petit Jean.* Il a été un an & demi dans le service ; voyons combien la caisse doit à son habileté. *Une... Deux... Trois... Quatre... Cinq Montres d'or, & sept d'argent!...* Le grand homme!.. Item. *Seize Tabatieres dont cinq sont d'or fin. Six douzaines de Mouchoirs, quatre épées à garde d'argent, une demie douzaine de Chemises, trois Perruques à la cavaliere & une piece de Drap fin.* Et tout cela n'est que ce qu'il fait en s'amusant, quand il n'a point d'occupation plus sérieuse. Je ne connois point de plus habile homme, car pour le grand chemin, il a une présence d'esprit!... De petites manieres engageantes!... Passons à un autre, *Gautier le Triste ; Guillaume le Brun....* c'est un coquin qui vend à son profit les Marchandises qu'il doit voler pour le nôtre. Il faudra que je l'essaie un peu. *Henri du Chemin...* C'est un imbécille qui ne fait que de petits larcins qui l'exposent sans nous enrichir, cela n'a point de genie, quand je le laisserai vivre encore six mois, cela ne se fera jamais pendre avec honneur. *Samuel l'Esquiveur*.... La corde aux assises prochaines. Ce coquin là, a l'effronterie de vouloir nous quitter pour reprendre son métier de Tailleur, qu'il appelle un honnête profession !... *Mathieu de la Prison*... Il n'y a qu'un mois qu'il est parmi nous, c'est un homme de grande espérance ; il a du cœur, mais il est trop téméraire ; le public fera l'épreuve de ses talens, si quelque meurtre n'abrége ses jours. *Robert de la Route*, à d'autres. *Robin Fanfaron*.... Le Norman.....

SCENE IV.

Mad. DELATEUR, M. DELATEUR.

Madame DELATEUR.

QUe dites-vous de Mr. le Norman, mon mari ? Mon cher ami tu sais combien je l'aime, c'est lui qui ma donné cette bague.

Mr. DELATEUR.

Je l'ai mis sur la liste noire, c'est fait de lui ma chere, le drôle passe tout son temps auprès des femmes, au lieu de s'occuper.

Madame DELATEUR.

Tu ſais bien mon cher que je ne me mêle jamais de la mort de nos gens. Les femmes ne doivent pas juger ces ſortes d'affaires, elles ſont ſi prévenues pour les hommes qui ont du courage qu'elles s'imaginent toujours que ceux qui vont à l'armée ou à la potence ſont tous de jolis garçons.... mon ami vous n'avez jamais eu des hommes ſi doux que ceux qui ſont maintenant à vos gages. Depuis ſept mois il n'ont pas tué un ſeul homme : apparemment que vous leur avez recommandé *moins de cruauté*.

Mr. DELATEUR.

Que veut dire cette folle, avec ſon *moins de cruauté?* Eſt ce qu'un homme d'honneur ceſſe de l'être pour en tuer un autre? Si on rencontre quelqu'un dans ſon chemin, & qu'on ne puiſſe pas faire ſes petites affaires ſans lui caſſer la tête, il faut bien qu'on la lui caſſe. Crois moi, ma femme, tais toi ſur cette matiere là.

Madame DELATEUR.

Mon mari, ſi j'ai tort tu dois m'excuſer, mais la délicateſſe de ma conſcience....

A propos, le Capitaine du butin eſt-il riche ?

Mr. DELATEUR.

Le Capitaine ? Non. Il voit trop bonne compagnie pour s'enrichir. Il ſe ruine au jeu ; pour y faire fortune il faut avoir appris à jouer dès l'enfance & être élevé avec les inclinations d'un homme de qualité.

Madame DELATEUR.

Hé ! qu'a-t-il beſoin de vivre avec les Milords ? Que ne les laiſſe-t-il ſe voler les uns les autres ? En vérité cette conduite m'afflige pour cette pauvre Manon....

Mr. DELATEUR.

Comment, pour cette pauvre Manon!...

Madame DELATEUR.

Oui, le Capitaine aime bien notre fille.

Mr. DELATEUR.

Quoi! vous ſeriez aſſez folle pour ſouffrir qu'elle en fit ſon mari ? Hé ne ſavez-vous pas que les joueurs ſont des moutons pour leurs maîtreſſes, & des tigres pour leurs femmes ?

La hardieſſe des principes, l'indécence des détails ne permettent point qu'on donne ici le reste de cette Scene, qui ne peut que révolter les personnes mêmes les plus indulgentes. Mr. Délateur désaprouve très-fort le mariage de sa fille avec Mr. Dubutin ; il craint qu'étant mariée, elle ne découvre toutes ses intrigues à son mari ; il compte d'ailleurs sur la jeunesse & les charmes de sa fille qu'il se propose d'employer à l'agrandissement de sa fortune.

SCENE V.

Madame DELATEUR seule.

MOn mari se trompe bien ridicument ! il a peur que sa fille étant mariée, n'aime son mari ! comme si cela s'étoit jamais vu, comme si la coutume établie par son sexe de temps immémorial, ne s'y opposoit pas. Il prétend qu'étant mariée, ses petits profits diminueront, parce qu'on sera moins tenté de l'aimer ; quoi ! mon pauvre mari, ignorez-vous qu'il suffit que nous appartenions à un seul, pour que les autres nous trouvent plus aimables ? Une fille est un lingot d'or qui n'a point encore passé les mains de l'artiste : une femme ressemble à une monnoie qui circule, & qui dans sa course rapporte toujours quelque chose à celui qui la possede.

SCENE VI.

M.de DELATEUR, LARONNEAU.

Madame Délateur complimente un jeune Filou sur son adresse à fouiller dans les poches. Elle lui demande où étoit son poste hier le soir.

LARONNEAU.

A L'opéra, Madame ; & quoiqu'il ne tombât pas de pluie, & que la lune éclairât de maniere à me faire reconnoître, j'ai eu le bonheur de réussir un peu. Voilà sept mouchoirs, Madame, & une tabatiere, j'ai presque ébauché une belle montre d'or, mais ces maudits tailleurs ! ils font toujours les goussets si profonds, si étroits ! elle s'est arrêtée en chemin, il a fallu que j'aie la douleur de quitter prise & la honte de fuir en passant sous un carrosse.

Madame Délateur lui demande comment vivent ensemble sa fille & le Capitaine Dubutin ; Laronneau fait le discret. Madame Délateur qui aime beaucoup ce jeune Filou, le conduit dans sa chambre pour lui donner un verre de liqueur, & savoir par ce moyen la conduite de Manon avec son amant.

SCENE VII.

MANON, Mr. DELATEUR.

MANON.

MOn pere tranquillisez-vous ; je sais aussi bien qu'une femme de condition tirer parti de ma figure, & de l'homme qui en est épris. On peut aimer l'argent & les bijoux sans être du grand monde & sans vivre à la Cour. Ne vous inquiétez donc pas de ma conduite avec Mr. le Capitaine, & soyez persuadez que je n'ignore pas qu'une fille qui ne sait point promettre certaines choses sans les accorder, ne sait guere profiter de ses charmes, & se prépare de grands regrets. Une fille sage & prudente est une jeune fleur dans son éclat. Des essains d'abeilles, des papillons volages viennent en foule la caresser. Mais quand cette belle fleur est cueillie, ses charmes s'évanouissent, elle tombe, elle se fane, elle meurt, & tout le monde la foule aux pieds.

SCENE VIII.

Mr. DELATEUR, M.de DELATEUR, MANON.

Cette Scene, comme beaucoup d'autres, ayant le défaut d'être trop longue, on en a retranché quelque chose pour la rendre moins languissante.

Madame DELATEUR en colere.

Elle exhale sa fureur en injures contre sa fille, dont elle apprend à son mari, le mariage avec le Capitaine.

Cette coquine! cette folle! si elle n'étoit que perdue je m'en consolerois, mais avoir poussé la folie jusqu'à se marier de propos délibéré!...

Mr. DELATEUR.

Mariée ! . . . comment diable ! le Capitaine eſt bien hardi de ſe marier avec ma fille ? Il la croit riche apparemment, & pour s'enrichir il veut bien s'expoſer à certains périls, à certaines petites humiliations réſervés aux maris. Ah, malheureuſe ! que va tu devenir ? crois tu que nous euſſions ſi bien vécu enſemble ta mere & moi, ſi nous euſſions été mariés ?

Madame DELATEUR.

Ho ! je la connois ; la ſotte & fiere créature n'a fait la folie de ſe marier que pour imiter les gens de qualité. Pourras-tu fournir aux débauches d'un mari, à ſon jeu, à ſes fantaiſies, à ſes maîtreſſes ? Es-tu aſſez riche pour te piquer de faire autant de dépenſe que lui ? Combien peu de maris & de femmes ont le moyen de ſe ruiner comme les honnêtes gens ? Maintenant qu'étant mariée, te voilà entrée dans une famille de voleurs, tu ſeras auſſi abandonnée, auſſi mépriſée, auſſi outragée que ſi tu avois épouſé un grand Seigneur : ah ! qu'une mere qui a des filles jeunes & jolies eſt à plaindre ! les ſerrures, les verroux, les portes & les plus beaux livres de morale, rien ne peut les retenir, elles ont autant d'adreſſe & de plaiſir à tromper leurs parens, qu'à tromper au jeu.

Mr. DELATEUR.

J'approuve ma chere femme, la colere où je vous vois, je vous conſeille cependant de vous modérer; car enfin, le Capitaine a du courage & de l'habileté dans ſa profeſſion, il fait ſon chemin, tôt ou tard il arrivera à la fortune ou à la potence, & cela donne toujours de belles vues à une femme. Mais dis-moi, ma fille, es-tu ſa femme pour toute la vie, ou ſeulement par eſſai, pour quelques temps?

MANON.

Je ne me ſuis pas mariée de ſang froid, (comme cela ſe pratique) pour l'honneur ou pour l'argent. Non mon pere, je vous l'avoue, je l'aime.

Madame DELATEUR.

Tu l'aimes! ... je te croyois mieux élevée. Tu l'aimes! ah miſérable .... ah! mon mari, mon mari! ſa folie me fait enrager. La tête me tourne, je de-

viendrai folle, je n'en puis plus.....
Ah!...

Elle tombe dans une chaise.

Mr. DELATEUR.

Indigne fille! vois dans quel état tu réduit ta pauvre mere... hé vîte, vîte un verre de liqueur.

Manon sort, & revient avec une bouteille & un verre.

Mr. DELATEUR *lui donnant un verre.*

La pauvre femme! comme cela lui tient au cœur.

MANON.

Mon pere, donnez lui encore un verre, quand ma mere a de l'affliction, elle boit toujours plusieurs coups, c'est toute sa consolation.

Mr. & M.de Délateur pardonnent à leur fille, parce qu'il prévoient une ressource dans son malheur. Manon s'écrie.

Me voilà donc à la fin de mes peines!

Madame DELATEUR.

Ah, que cela est bien dit! une nouvelle mariée à la fin de ses peines!

Ils envoient Manon parler à des Filous qui sont dans la chambre voisine. On lui donne des ordres convenables à leur métier de receleur.

SCENE IX.

M.de DELATEUR, Mr. DELATEUR.

Madame DELATEUR.

MAdame Délateur apprend à son mari le soupçon qu'elle a que le Capitaine a épousé deux ou trois femmes, elle lui fait remarquer que si on venoit à le pendre, leur fille perdroit son douaire en justice.

Mr. DELATEUR.

Diable ! ceci mérite attention. Un renard enleve vos poules, une femme galante votre santé ; votre femme, votre honneur ; votre fille, votre repos ; un voleur, vos meubles ; mais ce n'est rien que de voler votre santé, votre repos, votre honneur & vos meubles. La Justice engloutit tout cela à la fois. Nos Juges ne peuvent souffrir que d'autres qu'eux puissent vivre de rapine.

SCENE X.

Mr. DELATEUR, MANON,

Madame DELATEUR.

Manon vient rendre compte à son Pere & à sa Mere de l'arrivée d'un voleur qui rapporte des effets à la communauté. Son Pere lui parle de son mariage.

Mr. DELATEUR.

DIs moi, Manon, en te mariant, n'avois tu pas le projet qu'ont toutes les filles bien nées?

MANON.

Mon Pere, je ne comprends point ce que vous voulez me dire.

Mr. DELATEUR.

Ton but n'est-il pas de jouir d'un douaire & d'être veuve?

MANON.

Ah! mon Pere! que me dites-vous là? J'aime trop mon mari pour désirer jamais de m'en séparer.

Mr. DELATEUR.

Vous en ſéparer?... Quoi donc! n'eſt-ce pas là la fin ſecrette de tous les articles d'un contrat de mariage? L'état conſolant du veuvage n'eſt-il pas la plus chere eſpérance d'une femme? Et n'eſt-il point toujours en ſon pouvoir de jouir de cet état ſi deſiré?

MANON.

Mon Pere je tremble de vous entendre, n'importe, parlez-moi plus clairement.

Mr. DELATEUR.

Ecoute Manon. Saiſis-toi de tous les effets de ton mari, va le dénoncer en juſtice, il ſera pendu, & te voilà tout d'un coup riche & veuve.

MANON.

Quelle horreur! aſſaſſiner mon mari!

Mr. DELATEUR.

Imbécille! qui te parle d'aſſaſſiner ton mari?... Le Capitaine ne doit-il pas mourir tôt ou tard? N'aimera-t-il pas mieux que nous profitions de ſon bien, que des étrangers? Ne ſait-il pas lui même, que ſa charge conſiſte à voler

& la nôtre à faire pendre les voleurs. Chacun doit faire son métier, eh! où est je vous prie l'injustice dans tout ceci?

Manon refuse de dénoncer son mari: ses parens la renvoient avec des menaces qui l'effraient.

SCENE XI.

M.de DELATEUR, Mr. DELATEUR, MANON.

MAdame Délateur prévoit que Manon refusera toujours de dénoncer son mari, elle engage Mr. Délateur à prendre le parti de l'accuser lui-même. Il éprouve des remords sur le courage du Capitaine & sur les profits qu'il a retirés & qu'il pourroit encore retirer de ses vols; mais si le Capitaine n'est pas condamné leur vie court de grands risques, parce qu'il saura bientôt par Manon le projet qu'on a formé contre lui. Il se détermine enfin, & sort pour avertir le Lieutenant criminel. Allons, dit-il, imitons les gens du grand monde, faisons céder la reconnoissance à l'intérêt.

SCENE XII.

MANON *seule.*

C'Est maintenant que je ſuis vraiment malheureuſe ! je crois appercevoir mon mari traverſant la foule ſur la fatale charette. Il eſt plus beau, plus aimable que le bouquet qu'il tient dans ſa main. J'entends le peuple exalter ſon courage. Je le vois ſous l'arbre qui doit terminer ſes jours, toute l'aſſemblée pleure la mort de ce jeune héros.... Manon ! malheureuſe Manon ! que vas-tu devenir ?.. Je puis cependant lui apprendre leur abominable deſſein & l'aider à prendre la fuite.... Oui, m'y voilà reſolue... Mais moi je vais être privé du plaiſir.... Ah ! qu'il s'éloigne, qu'il parte, s'il reſte il eſt perdu.

SCENE XIII.

LE CAPITAINE, MANON.

MAnon demande au Capitaine s'il lui eſt toujours fidele il lui répond:

Ma gentille Manon, ſoupçonnez mon honneur, mon courage, mais gardez-vous de ſoupçonner jamais mon amour. Puiſſent mes piſtolets faire faux feu, ma jument s'eſtropier ſous moi quand on me pourſuivra, ſi je vous abandonne jamais.

Le reſte de la ſcene eſt employée par les deux amans à faire des comparaiſons ſur leur amour ; Manon apprend enfin au Capitaine le danger dont il eſt menacé. Il prend le parti de s'éloigner & l'acte finit par deux comparaiſons auſſi froides auſſi déplacées que les premieres que j'ai retranchées.

Fin du premier Acte.

ACTE II.

SCENE I.

UN VOLEUR.

Le Théâtre représente une Taverne, où l'on voit une troupe de voleurs assis à une table couverte de vin, d'eau-de-vie, de pipes & de tabac. La singularité de voir des voleurs parodier de bonne foi les plus belles maximes de la Philosophie, ne nous a pas permis de retrancher totalement cette premiere Scene, quoiqu'elle soit absolument inutile à l'intrigue de la piece.

LE temps présent est le seul qui nous appartienne véritablement. C'est le seul dont nous pouvons réellement disposer.... Pourquoi les loix sévissent-elles contre nous? Sommes-nous moins honnêtes gens que le reste des hommes? Ce que nous possédons ne nous appartient-il pas, & par la loi des armes,

mes, & par le droit de conquête? Philosophes jusques dans nos moindres actions, voit-on notre conduite démentir les principes que nous avons adoptés? Les périls les plus grands éprouvent tous les jours notre courage. Hommes intrépides, nous bravons la mort pour remplir les devoirs que nous nous sommes imposés. Y a-t-il quelqu'un parmi nous, qui pour son intérêt, voulut se rendre coupable de quelque trahison? qu'on nous montre une troupe de courtisans qui en puisse dire autant. Nous exigeons un juste partage des biens de ce monde; l'inégalité des conditions a introduit le désordre; nouveaux réformateurs nous rétablissons l'ordre, nous ôtons à qui a tout, pour donner à qui n'a rien, nous retranchons le superflu. Les hommes sont avares & nous haïssons l'avarice; un avare est une pie qui vole ce qu'elle ne peut manger, seulement pour le plaisir d'en priver les autres. Voilà les vrais voleurs du genre humain; hé où est donc l'injustice d'arracher à l'avare un bien dont il ne veut pas faire usage.... Allons mes braves amis, tous nos postes sont marqués pour ce soir, puiſſe la fortune vous favoriſer... Buvons enſemble, le vin nous enflamme d'amour, de courage & de joie. *Ne croiroit-on point entendre un Catilina haranguant ſes conjurés.*

SCENE II.

LE CAPITAINE, UN VOLEUR.

LE CAPITAINE *entre.*

BOn jour, Meſſieurs, je ſuis charmé de vous trouver ici. Il y a une heure que je déſire d'être avec vous, mais une affaire que je n'avois point prévue .... Sans cérémonie donc, je vous en prie.

UN VOLEUR.

Nous allons nous ſéparer pour nous rendre à notre poſte. Aurai-je l'honneur, Monſieur, de prendre l'air avec vous cet après-dîné aux carrefours? Je ſais que dans peu d'heures il y aura ſur le chemin des bains, des gens qui voudront bien la peine qu'on leur diſe un petit mot à l'oreille.

Le Capitaine leur montre la nécessité où il se trouve de se cacher pour quelque temps, parce qu'il vient de se brouiller avec Mr. Délateur. Il prie sa troupe de lui faire entendre qu'il les a quittés, & les congédie en les envoyant à leurs postes.

SCENE III.

LE CAPITAINE. *seul.*

QU'une fille passionnée est folle ! .. La pauvre Manon, la pauvre dupe ! elle exige un amour exclusif. Ho ! j'aime tout le sexe moi. Il est aussi impossible de contenter d'une seule quince, un homme qui aime l'argent, que de me contenter d'une seule femme ... &c.

Il envoie chercher les filles associées à sa troupe.

SCENE IV.

LE CAPITAINE *aux filles à mesure qu'elles entrent.*

BOn jour, Mademoiselle *Cajoleuse*. Comment donc ! vous êtes charmante aujourd'hui. On voit très-bien que vous méprisez les ressources des Dames de qualité, vous négligez d'emprunter, comme elles, le secours de la peinture.... Et vous jolie petite *Coureuse* ?.. Est-on toujours bien amoureuse ? Vous êtes si occupée à prendre les cœurs, que vous négligez de prendre les bourses. L'amour est bon, mais l'argent ! L'argent, Mademoiselle !... Je suis votre serviteur, Mademoiselle la *Grondeuse*, j'ai toujours aimé dans les Dames l'esprit & le génie. Ces deux qualités font des maîtresses charmantes & des femmes détestables.... Et vous, Mademoiselle *Janneton*, êtes-vous toujours aussi précieuse, aussi réservée ? Cette chere fine hypocrite ! jamais prude, même de la plus grande distinction, n'a joint à des yeux dévots un cœur plus perfide. Mademoiselle Flamekin est toujours bien gentille sans y songer. Le secret de la coquetterie de nos Duchesses ne lui a point échappé.

Ces femmes s'entretiennent des vols qu'elles ont faits chez les Marchands, & se louent les unes les autres sur leur habileté à les tromper. Pendant la conversation, que plusieurs raisons nous ont empêché de donner ici, deux de ces Demoiselles, gagnées par Mr. Délateur, s'emparent en plaisantant des deux pistolets du Capitaine, & en feignant de vouloir l'embrasser, elles le prennent toutes deux par le col, & font signe à Mr. Délateur d'entrer avec le Commissaire.

SCENE V.

Mr. DELATEUR, LE CAPITAINE.

On arrête le Capitaine, qui se livre à toute sa colere contre les femmes qui l'ont trahi.

Mr. DELATEUR.

M. le Capitaine, ceci n'est pas nouveau ; les plus grands Héros ont tous été trahis par les femmes ; mais après tout, ce sont d'assez gentilles créatures, s'il étoit possible de n'en être pas la dupe. Qu'en pensez-vous, Capitaine ? ... Maintenant vous pouvez prendre congé de ces Dames ; si l'envie leur prend de venir vous voir, elles sont sûres de vous trouver chez vous. Mesdames, Newgate est le logis de Monsieur. Commissaire, conduisez Monsieur chez lui.

SCENE VI.

Les femmes restent. Elles font des reproches à celles qui ont livré le Capitaine, de ne les avoir pas mises de la partie. Elles exposent les titres qui devoient leur mériter l'honneur & le profit d'une si belle action.

SCENE VII.

LE CONCIERGE, LE CAPITAINE.

CEtte Scene & les suivantes se passent dansla prison de Newgate. Ce qui désole le Capitaine, c'est qu'avant d'être pendu, il faudra qu'il essuie les reproches de Lucie, fille du Concierge de la prison, & l'une des filles, à qui, selon sa coutume, il a fait une promesse de mariage.

SCENE VIII.

LUCIE, LE CAPITAINE.

LUCIE.

MÉchant que vous êtes, vous voilà donc? osez-vous bien encore me regarder? Voyez perfide, voyez la honte dont vous m'avez couverte.... Malheureux! tu m'as enlevé, mon honneur, mon repos, mes plaisirs.... va, le seul qui me reste est de te voir puni comme tu mérites de l'être.

LE CAPITAINE.

Hé quoi! ma chere Lucie, avez vous perdu tout sentiment de compassion, pour un mari, dont la situation déplorable doit vous attendrir?

LUCIE.

Un mari! dites-vous?

LE CAPITAINE.

Oui, ma chere épouse, un mari à tous égards, si vous en exceptez quelques vaines cérémonies dont nous pouvons fort bien nous passer. Des amans comme nous respectent-ils des formalités ? Non, la parole d'un homme d'honneur eſt plus ſacrée qu'un contrat.

LUCIE.

Vous autres hommes, vous prenez plaiſir à inſulter la malheureuſe créature que vous avez déshonorée. Quel indigne métier de ſe faire un jeu de tromper de jeunes perſonnes, & de leur arracher à la fois, l'innocence, la réputation, & tout le repos de la vie. On vole un ſchelin, & le voleur rougit au moment qu'il eſt découvert. On trompe une femme, & on s'honore de ſa trahiſon !

LE CAPITAINE.

De la modération, ma chere Lucie, de la modération ; à la premiere occaſion, vous ſerez ma femme comme vous deſirez l'être.

LUCIE.

Monſtre ſéduiſant ! . . . as-tu pu croire que j'ignore ton mariage avec Manon ? . . .

LE CAPITAINE.

Quelle folie? qui, quoi ! c'eſt ma chere Lucie qui eſt jalouſe de Manon.

LUCIE.

Malheureux ! oſeras-tu bien me nier que tu es marié avec elle ?

LE CAPITAINE.

Adresse de fille toute pure. Elle aura voulu vous persuader la chose pour me faire perdre votre estime. J'ai été la voir quelquefois, je l'avoue, & je me suis égayé à ses dépens ; voilà tout. Je lui ai dit, comme font tous les jeunes gens, cent choses qui dans le fonds ne signifient rien. La petite folle aura semé le bruit que je l'avois épousée, pour me déclarer indirectement qu'elle voudroit bien que cela fut. En vérité, Lucie, pouvez-vous être la dupe d'une folle qui a voulu vous affliger.

Le Capitaine reussit enfin à faire croire à Lucie qu'il n'est point marié avec Manon dont il dit beaucoup de mal. Il promet à Lucie de ratifier son mariage avec les cérémonies ordinaires.

SCENE IX.

Mr. DELATEUR & le CONCIERGE *tenant son regître.*

ILs examinent les comptes de l'année passée; ils sont de moitié pour la prise du Capitaine ainsi que pour les profits qui leur reviennent, ainsi que pour les voleurs qu'ils ont fait ou qu'ils feront pendre. Il y a dans cette scene, qui n'est gueres interressante, des épigrammes cruelles contre les ministres. Doit-on s'attendre, *disent les deux scélérats* que nous fassions pendre nos amis pour rien, tandis que nos ministres ont bien de la peine à épargner les leurs, à moins qu'ils ne soient bien payés. Ils ont coutume de nous traiter avec trop de mépris ; je conviens qu'à certains égards nos emplois ne sont point fort honnêtes puisque nous faisons comme les ministres d'état qui encouragent le parjure, & qui récompensent la trahison.

LE CONCIERGE.

Mon confrere, mon confrere, songez qu'un pareil langage tenu devant tout autre que moi, pourroit vous faire tort. Ne dites point la vérité si hardiment je vous en prie. Quand vous parlez de crimes, de bassesse & de trahison, prenez garde que la fidélité de vos portraits n'oblige les grands du monde à dire c'est le mien, je me reconnois.

Mr. DELATEUR.

Je vois là le nom de ce pauvre Edouard Clincher. Assurément, mon frere, il y a un peu d'injustice dans l'affaire d'Edouart, car il me dit dans le cachot des condamnés que pour valeur reçue vous lui aviez promis de lui faire éviter...

LE CONCIERGE.

Monsieur Délateur, voilà la premiere fois qu'on doute de ma probité, &c.

Mr. Délateur lui reproche ensuite qu'il ne paie pas assez les espions, sur quoi celui-ci se fache. Ils se disent durement des vérités qui les aigrissent l'un contre l'autre, mais reflechissant qu'ils se connoissent assez pour se faire pendre l'un l'autre, ils s'appaissent & se reconcilient avec la bonne foi de leur métier.

SCENE X.

LE CONCIERGE, LUCIE.

LE Concierge apprend par les pleurs de sa fille Lucie, qu'elle est mariée avec le Capitaine. Il lui répete ce que Mr. Délateur disoit à Manon, qu'il n'est point de femme sensée qui ne se console par l'espoir du veuvage. Nous passons cette scene parce qu'il est inutile d'offrir deux fois le même tableau dans une même piece. Dans la scene suivante Lucie se plaint de n'avoir pu trouver un Chapelain pour appaiser ses scrupules sur la validité de son mariage. Le Capitaine engage sa maitresse, qui se croit sa femme, à offrir vingt louis au Concierge pour son évasion lorsque Manon entre.

SCENE XII.

MANON, LE CAPITAINE, LUCIE.

MANON.

OU est-il mon cher mari ? . . . Une fatale corde est-elle faite pour étrangler un si aimable homme ! . . . ô mon mari ! laisse-moi te serrer dans mes bras, & t'accabler de caresses. . . . Pourquoi détournes-tu de moi tes regards ; c'est ta chere Manon, c'est ta femme !

LE CAPITAINE.

Fut-il jamais un mortel plus malheureux que moi !

LUCIE.

Fut-il jamais un scélérat plus abominable que toi !

MANON.

Ah ! mon cher ami , devois-je croire, lorſque nous nous ſommes ſéparés , que nous ne nous réunirions que dans ce funeſte ſéjour. Quoi , trahi , arrêté , empriſonné , jugé , pendu , . . . réflexion douloureuſe ! penſée accablante ! je ne t'abandonnerai point. Nulle puiſſance ne ſera capable d'arracher ta femme à ſon mari. . . . Hé quoi ! mon cher amour ! . . quoi, pas un mot, pas un regard ! . . penſe, penſe à ce que ſouffre ta Manon de te voir dans cette triſte ſituation.

LE CAPITAINE. (*à part.*)

Je dois détromper Lucie. (*haut.*) Cette fille eſt devenue folle.

LUCIE.

Seroit-il poſſible que je ſois encore la dupe de ce ſéducteur ! . . . O vengeance je t'implore ! . . . Malheureuſe ! les hommes ſont-ils donc nés pour mentir , & les femmes pour les croire ? . . .

MANON.

Tu ne me réponds rien ! . . . ne ſuis-je point ta femme ? Ah ! ta cruelle indifférence , ton barbare ſilence ne le prouve que trop. Mon mari , mon cher mari , oſes me voir, oſes me dire que je ne ſuis point ta femme....

LUCIE.

Que n'as tu été pendu il y a ſix mois, j'aurois été heureuſe!

MANON.

Et moi auſſi. Si vous aviez eu de l'amitié pour moi juſqu'à votre mort, elle m'auroit déſeſpérée, & ce n'eſt pas trop demander à un mari qui n'a que cinq ou ſix jours à vivre.

Cette plaiſanterie eſt excellente, mais quel dommage qu'elle vienne gâter une ſcene, la meilleure peut-être de la piece; ce n'eſt point dans la bouche de Manon qui commençoit à nous toucher qu'elle devoit ſe trouver.

LUCIE.

Eſt-il vrai que tu ſois marié à une autre? Parles, as-tu deux femmes, monſtre?

LE CAPITAINE.

Si des femmes peuvent ſe taire, s'il eſt poſſible qu'elles aient la patience d'entendre une réponſe, Meſdames écoutez-moi.

LUCIE.

Infâme ! la nature s'éleve contre ton outrage.

MANON.

Ne dois je pas reclamer mes droits ?

LE CAPITAINE.

Que je ferois heureux fi j'étois avec l'une de vous deux, tandis que l'autre ne feroit pas ici ; mais comment voulez-vous que je puiffe m'expliquer avec vous pendant que vous me tourmentez toutes deux ?

LUCIE.

Quand tu feras au gibet, fi le Bourreau manquoit de force pour te pendre, va, je me ferois un plaifir de t'étrangler de mes mains.

LE CAPITAINE.

Calmez-vous, ma chere Lucie.... c'eft un tour que me joue Manon. Vous voyez qu'elle me défefpere. Dans le moment que vous voudriez me fauver la vie, elle voudroit que je fuffe pendu pour avoir l'honneur de paffer pour ma veuve.

MANON.

Homme barbare! auras-tu toujours la cruauté de me méconnoître.

LE CAPITAINE.

Et vous Mademoiselle prétendrez vous toujours que je suis marié? quelle rage de vouloir ajouter ce malheur là à tous les autres!

LUCIE.

En vérité, Mademoiselle Manon, c'est vous respecter bien peu que de venir si indécemment accabler un honnête homme dans sa disgrace.

MANON.

Permettez-moi aussi de vous représenter Mademoiselle, que les libertés que vous prenez vous conviennent très-peu, quant à moi, mon devoir m'oblige de rester avec mon mari.

Ces politesses ironiques finissent par des injures, Mr. Délateur entre, il fait sortir Manon qui dit en s'en allant.

Amour! quelle puissance sur la terre peut briser tes nœuds sacrés. Plus nos parens s'opposent à nos inclinations, plus ils resserent les liens du véritable amour. O mon cher mari, enchaînes-moi avec les fers qui t'entourent, afin que mon Pere ne puisse pas me séparer de toi.

Son Pere l'arrache de la prison & sort avec elle.

SCENE XIII.

LE CAPITAINE., LUCIE.

LE CAPITAINE.

TU vois ma chere femme la douceur de mon caractere; je n'ai pu me résoudre à traiter cette jeune folle comme elle le méritoit, & mon indulgence a pu te faire croire qu'il y avoit de la verité dans ses reproches.

LUCIE.

En vérité, mon cher, j'étois étrangement embarrassée.

LE CAPITAINE.

Si je l'avois épousée, crois-tu que son

Pere m'auroit jetté dans une prison? Non, mon aimable Lucie, j'aimerois mieux mourir que de te tromper.

LUCIE.

Quel bonheur est le mien si vous parlez sincérement ; jugez de la force de mon amour pour toi. J'aimerois mieux te voir à une potence que de te voir dans les bras d'un autre.

Le Capitaine la presse de lui donner les moyens de s'évader. Elle lui promet de prendre les clefs de la prison dans la poche de son Pere, qui ayant bu largement dort avec tous les prisonniers.

Fin du second Acte.

ACTE III.

La scene représente la prison de Newgate.

SCENE I.

LE CONCIERGE, LUCIE.

LE Concierge alarmé vient avec sa fille, il l'interroge sur l'évasion du Capitaine. Il a l'adresse de lui faire révéler son secret, & sachant qu'au lieu d'en avoir tiré de l'argent elle lui en a donné elle-même, il éclate en injures & en ménaces, & oblige sa fille de s'éloigner de lui.

SCENE II.

LE CONCIERGE (*seul*)

COmme la reconciliation de Délateur & du Concierge étoit sans préjudice de leurs intérêts respectifs, le Con-

cierge s'imagine que Délateur veut le duper, mais il se promet bien qu'il sera lui même sa dupe. Sur quoi il réfléchit que les Lions, les Loups & les Vautours qui s'enlevent réciproquement leur proie, se fuient les uns les autres; au lieu que l'homme, de tous les animaux de proye, est le seul qui vive en société.

Chacun de nous vole son voisin, & cependant nous vivons ensemble. Délateur est mon camarade, mon ami, & suivant le bel usage du monde il pourroit citer cent friponneries qu'il m'a faites, & moi je ne jouirois point du droit de l'amitié pour lui rendre la pareille?

SCENE III.

LE CONCIERGE, LARONNEAU.

LE Concierge apprend d'un voleur qu'il interroge où s'est retiré le Capitaine.

SCENE IV.

LE CAPITAINE, DEUX VOLEURS.

LE Capitaine qui devoit s'enfuir de Londres, se loge, sans qu'on sache pourquoi, dans une maison où l'on tient table de jeu. Le théatre représente cette maison ; il y trouve quelques-uns de ses camarades, & leur dit.

LE CAPITAINE.

Messieurs, je suis bien fâché du peu de succès qu'ont vos affaires sur le grand chemin. Mais, quand mes amis ont besoin de moi, j'aime à leur rendre service dans l'occasion. (*il leur donne de l'argent.*) Je ne suis pas, comme vous voyez, un ami courtisan, dont tous les services se bornent à la promesse de vous en rendre à la premiere occasion. Mes amis fuyons la corruption des mœurs de la Cour, tandis que je puis vous obliger, ordonnez.

UN VOLEUR.

Mr. le Capitaine, quel malheur qu'un galant homme comme vous soit obligé de vivre en mauvaiſe compagnie, car vous ne vivez ici qu'avec des joueurs.

UN AUTRE VOLEUR.

Voyez l'empire du préjugé! ... De tous les méchaniſtes qui travaillent de leurs mains, ſurement il n'en eſt point d'auſſi mépriſable qu'un joueur ; mais il ſuffit que les gens de qualité ſoient de la profeſſion, les joueurs ſont conſidérés. S'ils gagnent on les paie, & ſi nous gagnons, on nous pend.

LE CAPITAINE.

Je ſais qu'on joue ce ſoir gros jeu à l'Académie. Mes enfans il y aura quelque choſe à faire ſur le grand chemin, venez m'y trouver, & je vous indiquerai les perſonnes qui mériteront quelqu'attention.

SCENE V.

Mr. DELATEUR, LE CONCIERGE.

LA Scene repréſente le Magaſin de Mr. Délateur ; il examine ſes comptes avec le Concierge. Comme on a déja vu une Scene pareille à celle-ci, c'est un motif suffisant pour que nous la retranchions.

SCENE VI.

Mr. DELATEUR, LE CONCIERGE.

MAdemoiselle Trapes, célébre receleuse, leur fait le récit de ses fripponneries, & tache de les duper en conservant pour elle le plus de vols qu'elle peut. L'Auteur s'appésantit sur ces vils détails. Passons à des Scenes plus intéressantes.

SCENE VII.

On voit sur le Théatre la prison de Newgate.

LUCIE *seule.*

MAlheureuse ! quelles passions terribles déchirent mon ame, la jalousie, l'amour, la crainte, la douleur, la la rage, mille serpens dévorent mon cœur.... Elle périra cette Manon qui me dispute mon mari; j'ai préparé le poison. Je ne cours aucun risque; on dira que ce sont les liqueurs qui l'on fait mourir; je ne serai pas même soupçonnée; mais dussent tous les soupçons se réunir sur moi; dussé-je être reconnue; dussé-je être pendue, la potence n'a rien qui m'épouvante, pourvu que je goûte le plaisir d'empoisonner ma rivale.

SCENE VIII.

LUCIE, MANON.

LUCIE.

MA chere Demoiselle, je vous salue. Puis-je me flatter que votre indulgence voudra bien me pardonner l'emportement où je me suis livrée tantôt. La colere m'aveugloit, je l'avoue, & quand cette passion nous domine, vous savez qu'on a besoin que nos amis nous passent quelque chose.

MANON.

Mademoiselle, vous connoissez mes malheurs, hélas! vous êtes la cause de toutes mes peines. Combien vous m'avez fait souffrir!

LUCIE.

Permettez-moi, Mademoiselle Manon, de vous offrir mon repentir. Renouvellons notre ancienne amitié & qu'un petit verre de liqueur....

MANON.

Pardonnez-moi, Mademoiselle; les liqueurs m'incommodent; je vous prie d'accepter mes excuses, si....

LUCIE.

Les femmes de la plus haute qualité n'en ont pas de meilleure dans leur cabinet pour en prendre quand elles ne sont vues de personnes.... Mademoiselle votre santé m'inquiette, vous me paroissez accablée & je crois qu'un peu de liqueur....

MANON.

Je suis bien affligée que ma santé ne me permette point de profiter de vos bontés. Je ne vous aurois point quitté tantôt, comme j'ai fait, si mon Pere ne m'avoit pas obligée de sortir. Hélas! j'étois irritée, je vous l'avoue, & peut-être ai-je eu le malheur de me servir de termes peu respectueux, mais, Mademoiselle, vous avez vu vous-même quel traitement j'ai essuyé de la part de Mr. le Capitaine, ah! ſans doute que je devois exciter votre compaſſion, plutôt qu'allumer votre colere!

LUCIE.

Depuis ſon évaſion, il me ſemble qu'aucun ſujet ne doit plus nous diviſer: ah! Mademoiſelle Manon, que vous voyez une malheureuſe créature! le Capitaine vous aime comme ſi vous n'étiez que ſa maîtreſſe.

MANON.

Ah! pourquoi me peindre un bonheur dont je ne jouis pas! je ne ſuis pas aſſez heureuſe pour être l'objet de votre jalouſie. Un homme ne ſait que faire d'une femme qui l'aime trop. Je dois me réſoudre à me voir bientôt abandonnée.

LUCIE.

Ma chere Manon, nous éprouvons toutes deux le même ſort. Si nous pourſuivons les hommes, les volages nous fuient; ſi nous les fuyons ils ne nous pourſuivent que pour nous abandonner quand ils nous ont attrapées.

MANON.

Je vous l'avouerai, Mademoiſelle Lucie, à en juger par les ſentimens qu'il vous témoignoit, j'ai cru avoir ſujet d'envier votre bonheur. Quand, forcée par mon père, il fallut me ſéparer de lui, il ne me donna pas la moindre marque de tendreſſe. Hélas! peut-être ſon cœur n'eſt il pas fait pour en éprouver. Les hommes ont tous dans le cœur un fonds de coquetterie qui les fait voltiger de femme en femme. Aimons-les, careſſons-les, flattons-les, voilà tout ce que demandent nos volages amans.

LUCIE.

Ecartez de votre eſprit ces affligeantes réfléxions. Nous avons toutes deux beſoin de raſſembler nos forces, pour réſiſter à notre douleur, & pour y reuſſir, croyez-moi, un peu de liqueur vous ſervira. Venez mon aimable fille, venez. Chaſſons cette importune triſteſſe, prenons ce verre, puiſons-y la joie. Le vin diſſipe les vapeurs de la douleur, & nous rend auſſi légers que l'air qui nous environne.... Ma chere enfant! combien je ſouffre de vous voir ſi abattue, il eſt de mon devoir de veiller à votre ſanté. (*à part.*) Enfin le moment approche où je vais me délivrer de cette odieuſe rivale. (*Elle ſort.*)

SCENE IX.

MANON, *seule.*

ARtificieuse Lucie! va, mon cœur n'est point la dupe de tes perfides caresses. J'ai lu dans tes yeux la haine que je t'inspire. En m'obligeant de prendre tes liqueurs, tu veux me faire révéler mes secrets, mais j'aurai soin de m'observer & de t'observer toi-même. Gardes tes liqueurs, je n'en goûterai point, je l'ai résolu.

SCENE X.

LE CAPITAINE, LE CONCIERGE, DELATEUR, LUCIE, MANON.

Lucie revient avec ses liqueurs empoisonnées. Manon persiste à n'en point accepter. On voit arriver le Capitaine, qui pour la seconde fois s'est laissé arrêter.

LE CONCIERGE.

CApitaine, tranquillisez vous. Désormais vous ne devez plus compter, ni sur l'amour ni sur l'argent, pour vous ménager une seconde évasion. Vous avez ordre de monter à présent pour subir l'interrogatoire.

MANON.

Ah ! mon mari ! mon cher mari !... jettes les yeux sur ta femme, c'est elle, c'est moi ..... Hé ! pourquoi n'as tu pas eu recours à moi pour te sauver ? J'aurois levé tous les obstacles, éloigné toutes les difficultés, & fais disparoître tous les dangers. O mon mari ! tournes tes regards vers moi ....

LUCIE.

Mon mari ! comme mon cœur aspiroit à te voir ! mais qu'il est affreux de te voir dans cet état là, c'est pour moi le plus cruel tourment.

Mr. DELATEUR.

Retirez-vous, retirez-vous impertinentes. Le Capitaine a-t-il le temps d'écouter vos belles lamentations ? Voyez les chaînes dont ses mains sont chargées.

LUCIE.

Jettez seulement les yeux sur moi, pour me consoler.

MANON.

Songez, ah ! songez que cette consolation va mettre la mort dans le cœur de votre Manon.

LE CAPITAINE.

Que voulez vous que je vous dise, Mesdames ? Tout ceci va finir, sans que je sois réduit au malheur de déplaire à l'une ou à l'autre.

M. DELATEUR.

Si vous terminez cette affaire Capitaine, vous aurez une fois du moins fait une bonne action, en prévenant le procès que se feront vos deux veuves.

LE CAPITAINE.

A quoi me déterminer ? Quel parti prendre ? Femmes ! étranges créatures ! vous êtes aussi tendres le jour de la mort de votre mari, que le jour de vos nôces !

MANON.

Si ses malheurs lui ont donné pour les miens cette insensibilité qui me désespere, je trouverai aux genoux d'un père, la compassion que j'implore, que je mérite, & que tout le monde me refuse ici .... Mon pere, ô mon pere ! jettez un voile sur les crimes dont on l'accuse, sauvez-le de son interrogatoire ..... Votre fille l'infortunée Manon, vous demande sa grace à genoux.

LUCIE.

S'il eſt impoſſible d'amollir la dureté du cœur de M. Delateur, mon pere dois-je déſeſpérer d'attendrir le vôtre ? ſon ſalut eſt dans vos mains, pourriez-vous vous réſoudre à vous rendre ſon bourreau & mon tyran ?

Les deux peres ſont inexorables, ils rejettent les prieres de leurs Filles.

LE CONCIERGE.

Capitaine, marchons. Nous allons vous préſenter au juge criminel.

LE CAPITAINE.

L'accuſation eſt prête. Les Avocats s'aſſemblent, les Juges ſéveres ſont aſſis, la ſentence va ſe prononcer. Spectacle terrible ! .... Oſons le regarder ſans frémir. La mort eſt une dette, il faut la payer ..... payons-la donc ſans foibleſſe .... adieu Manon, adieu Lucie, adieu mes amours ..... je meurs ſans regret, vos diviſions vont s'éteindre avec ma vie, je vous rends heureuſes. Oui, c'eſt en expirant que j'aurai trouvé le moyen de plaire à toutes mes femmes...... Allons, Meſſieurs, je vous ſuis.

SCENE XII.

On voit la chambre des criminels condamnés à mort.

LE CAPITAINE *seul.*

TErreur du dernier moment ! vous ébranlez l'ame la plus forte !... Plaisirs de ma jeunesse vous allez vous évanouir ! ... Le supplice m'attend... Encore un moment..... & tout est fini.... ramassons nos forces, mourrons comme nous avons vécu, avec l'intrépidité qui m'a rendu célebre ... Lorsque l'affreuse mort s'avance vers nous, de tous les amis qui nous restent, il n'en est point de plus utile, de plus propre à nous consoler qu'un verre.... (*Il boit.*) Puisqu'il faut danser sous la corde, puisqu'il faut pendre à l'infâme poteau, je dédaigne de crier & de me plaindre .... Mes esprits m'abandonnent, ranimons les par un verre de vin.... (*Il boit.*) Plus la liqueur a de force, & plus elle nous inspire de courage. Comment sentirions-nous nos maux, lorsque nous sommes délivrés de la peine de penser ? (*Il boit.*) Quand j'aurai encore bu ce verre, mes camarades verrons que je sais mourir en grand homme, en héros. (*Il boit.*)

SCENE XIII.

LEs Camarades du Capitaine viennent le consoler : il leur reproche la maniere dont ils l'ont trahi ; il leur recommande de le venger & de faire pendre M. Delateur avant qu'ils le soient eux-mémés.

SCENE XIV.

LE CAPITAINE, LUCIE, MANON.

LE CAPITAINE.

MA chere Lucie, ma chere Manon, tout ce qui s'est passé entre nous va finir.

MANON.

Quel spectacle ! comment puis-je en soutenir l'horreur ?

LUCIE.

Rien ne m'attendrit plus qu'un grand

homme qui touche à son dernier moment : mon cher mari, je voudrois être pendue à tes côtés.

MANON.

Je voudrois partager la funeste corde avec toi.

LE CAPITAINE.

Laissez-moi à mes réfléxions. La crainte commence à s'emparer de mes sens, la force de mon ame s'affoiblit. Hélas ! tout mon courage est épuisé avec ma bouteille. Adieu, adieu. Laissez-moi... Geolier, dites aux Officiers de la Justice que je suis tout prêt. (*Il sort entouré de Gardes.*)

SCENE XV.

LE GUEUX ET LE COMÉDIEN.

ILs conviennent tous deux que pour que cette Piece soit un Opéra & non pas une Tragédie, il faut que le Capitaine obtienne sa grace, à l'interrogatoire qu'il est allé subir. On doit remarquer, disent-ils, dans toute la Piece, une ressemblance si frappante de mœurs, entre le peuple & les gens de la plus haute qualité, qu'il est difficile de décider, si dans les vices à la mode, les gens du grand monde imitent les Voleurs de grands chemins, ou si les Voleurs de grand chemin imitent les gens du grand monde.

SCENE DERNIERE.

Le Capitaine revient triomphant entourré de tous les Acteurs. Il a obtenu sa grace.

LE CAPITAINE.

JE suis condamné à prendre une femme, on ne m'a point laissé la liberté du choix; que celle qui est destinée à m'épouser, me témoigne sa joie par une danse.

Tout le monde se mêle & forme une danse qui finit la Piece.

Fin du premier Volume.

www.ingramcontent.com/pod-product-compliance
Ingram Content Group UK Ltd.
Pitfield, Milton Keynes, MK11 3LW, UK
UKHW020957180726
13838UKWH00003B/1364